L’impromptu

B. G. Durand

L'impromptu

Recueil

LE LYS BLEU
ÉDITIONS

ISBN : 979-10-377-6827-8

L’enfance

La naissance

Le 31 janvier 1797
un faubourg de Vienne
la maison de
l'écrevisse rouge

J'at,,,

tennds
une nécessité
il a bien fallu
je suis sorti
de mon
tableau

un grand front
un chapeau large bord plat noir
insondable
cheveux noir en
baguette
grande cape châtaigne
grandes jambes

debout

je

marche

cent pas l’aller le

retour

le premier cri

du 12e

enfant

il en reste 3 sur

11

la survivance encore

impromptue

la vie ne tient qu’à

une bribe de brume

une brisette

Semmelweis n’est pas

encore

la

Quelques années plus tard, anniversaire

La neige le givre cercle
les carreaux
par le pertuis
un monde
blanc
rue
trottoir
jardin
cour
préau
toit
arbre
à l'intérieur
un poêle
douce
chaleur
regard vers maman
tendresse
Frantz les lèvres remuent
belle voix
claire voie
grésillement des beignets

charme des oreilles
charme de la bouche
tête contre hanche
une main dans les cheveux

L’entrée à l’école

C’est la maison familiale
camaraderies intenses
rires
joies
cris
lueurs
éclabouissement

L’apprentissage musical

Devant le père
les yeux rive tés sur la
partition
sur les longs cheveux fin du
violon
les doigts à pas de
loup
le son déjà
harmonieux
à côté du grand frère Ignaz
les yeux rive tés sur la
partition
sur les languettes blanches et
noires
les doigts légers

quelques mois plus
tard
le père le fils
plus de leçon a
donné

Un dimanche

ite missa est
le parvis de l’église
lointain l’orgue se
tait
l’organiste
apparaît
la demande
de l’enseignement
à,,,
voir

La mise au tombeau ou la résurrection

Un morceau à déchiffrer
l'organiste,,, coi
pour le chant c'est possible
pour la musique du dialogue

L’ambiance extérieure

Dans la rue des soldats en
armes
Bonaparte est devenu
Napoleon
les espoirs de LBW
envolés
Vienne
souffre
la valse
envolée

L’ambiance intérieure

Mort de l’ oncle
regroupement familial
promiscuité

Été 1808

Studieux
préparation du concours du
Konvikt
lycée d'état
prise en charge des études pour les petits
chanteurs qui y sont
reçus

une chambre toute petite
les volets clos
la sombritude
les yeux repos
le sommeil déambule

un habit bleu clair
sur la chaise
demain le concours
d'entré

Le concours

Une estrade
au milieu un vieux
Monsieur
de chaque coté deux
acolytes
le vieux
Monsieur

somnole
bats ses
oreilles
secoue sa
trompe
bats son flanc
yeux clos
soudain le réveil
un habit bleu clair
une voix précise claire
le vieux Monsieur
Antonio Salieri
ma che qu’il est bon
celui-là

Demain entrée au konvikt

La petite chambre les volets clos
la sombritude
peut-être la dernière fois
les yeux ouvert
les idées ont pris le train
pas de gare pour l'arrêt
l'esprit travaille
bousculade de note
nouvelle rencontre
assoupissement tardif

Le konvikt

Le départ de la maison

Avec le père et le grand
frére
une giboulée balaye les
yeux
la grande porte ouverte
de grands couloirs
des rangées de têtes plus ou
moins hautes
défilent
blondes ou
brunes
parmi celles-ci
Frantz
lèvres
fermées
regard alpha et
oméga
vers le dedans
la solitude

La salle de musique

L'orchestre du konvikt
maître Ruzicka dirige
petit Frantz debout
derrière un grand
assis
Joseph Spaun
l'horizon la
partition
les yeux en at,,,
tente
une rencontre

Exercice musical du soir

Quelques mois écoulés
petit Frantz devant
assis à coté du
grand
maître Ruzicka sort
petit Frantz monte sur
le
pupitre
ses mains
ses bras
ses yeux
ses oreilles
en symbiose
dirige
surveille
exprime

La salle de musique

Quelques mois plus tard
un dimanche après-
midi
le couloir
Joseph Spaun
la porte
ouverte
une musique
inconnu
Frantz au piano
la main serre
l' épaule de
Frantz
quel charme
quelle
découverte
quelle
admiration
avoir un seul ami
le travail
exprimer ses pensées
ses émotions
par la
musique
parole muette

Toujours le dimanche

Les deux garçons au
piano
quatre mains
une amitié
le début du
catalogue

Le départ de Spaun

Solitude redoublée
parole encore

rarÃ©fiÃ©

torréfié

La fin du printemps

Je suis la
je suis revenu
sur la petite place
sous les fenêtres
ouvertes
les promeneurs pressade
bousculade
l'orchestre son premier

violon

Les vacances d'été

Nouvelle escapade
l'air du temps
permet de voler
aux jambes
aux oreilles
devant sa maison
une fenêtre entrouverte
la bande des quatre
deux violons un alto (et quel alto)
un violoncelle
la famille
mélodie
inconnue
l agréabilité

La reprise scolaire

La famille à nouveau
quitté
l ami absent
l errance entre deux
murs très

longs

le vagabondage devant le
clavier
sur des chemins sans
routes
des destinations
sidérales

Le premier piano enchanté

Le soleil se pose
sur un oreiller de sable et de
collines
passe derrière la tête du
lit
la clarté se fond
sur le sable
l' enfant geint
la mère ne peut
rien le souffle
s'arrête
désespoir sciedérant

Le retour de l'ami Spaun

Dimanche après-midi
ses pas vers le
Konvikt
de la hâte
la salle de
musique
le son du
piano
une belle
voie
de
soprano
la main sur
l' épaule
pression
de la main
piano
enchanté
le petit enfant
geint
un
frisson

la main
caresse
l’ épaule
bienveillance
paternelle
immense admiration
musicale

Première soirée à l’opéra

Devant le Konvikt
l’ami Spaun
la déambulation
devant le théâtre les portes
fermées
l’attente
les portes
béantes
l’ engoufrement
sur leur siège les yeux
béants
le silence,,, la
nuit
les lumières
la Milder
le Vogl
le chant
le cœur
rejoint l’âme
la sortie
le ciel
la nuit

Un nouveau maître de musique

Maître Ruzicka
l'enseignement de la théorie
musicale
première leçon,,,
deuxième leçon,,,
seul possibilité
une conversation
quel sens
musical

La mort de maman

Le Printemps
la douceur revient
la douceur s'éloigne
la vie creuse
ses tranchées
froideurs terminales
souvenir au-
dessus
de nos têtes

À la sortie d'Iphigénie en tauride

Opéra de Gluck
le dieu d'Antonio
toujours la Milder
Vogl
visage rouge
gouttelettes qui sourdent des yeux
rencontre avec
un jeune poète
bières
échangées
bonnes paroles
la table
voisine
mauvaises paroles
dispute
violente
cramoisie le
visage

renversée la bière
les amis
apaisement
nuit
profonde

Une sortie exceptionnelle

J’at

tennds

enfin de l’air

frais

ébrouement des épaules

permission exceptionnelle

leçon d’harmonie

et de contrepoint

par il maestro

Salieri

à titre gracieux

maître

Ruzicka

a rendu son papier

a musique

Le premier cénacle

6 jeunes personnes en quête
la découverte
poésie politique littérature philosophie musique
la vie et
au-delà
en parler
autour
dans la salle de musique
discrétion amitié bonté douceur
la colère des doux
un piano une voix
4 jeunes personnes dans
l'at tente
dernière notes
entournement

La première symphonie

Un dimanche toujours
la salle de musique toujours
Spaun le bon
un cartable
gros ventru
l’ouverture
une liasse
de papier à musique
de quoi écrire

L'exécution

La salle de concert du Konvikt
heusement Frantz
je suis ressorti
et même rentrée
les fenêtres fermées
pas le choix
je dois y assisté
la première symphonie

Le départ du konvikt

J’at tends à la
porte
j’emboite le
pas
qu’ar rive-t-il
dehors comme les
chiens
que non
un étouffement
besogneux le travail
scolaire
les notes leurs
vagabondages
et l’autre
vagabondage

L’École normale Sainte-Anne

L'entente préalable

Tout pour la musique
acquiescement du père
simplement une école
devenir aide-instituteur
une liberté
prisonnière
du rabâchage
et
manger
boire
composer

L'apprentissage musical continu

2 fois/semaine
Le maître Antonio Salieri
toujours gracieusement
enfin un élève
un vrai
il comprend la
musique
de la vigueur
des œuvres vraiment
amples
un opéra
une messe
au travail

Le premier opéra

L' impulsion d'Antonio
le livret déjà écrit
début le 11 janvier 1814
un acte
deux acte
trois acte
terminé le 14 mai 1814
toujours des notes qui
wandérisent
que c'est beau
l'opéra

Fidelio

Ses livres sous
le bras
le bouquiniste
un billet
une place
l'opéra de LWB
l'enchantement
ne perdre aucune
note
l'exceptionnelle ouverture
la suite ne quitte jamais les
nues
que peut-on écrire après

BEETHOVEN

Le dimanche messe à la paroisse

Une jeune fille
d'une famille
amie
Thérèse Grob
suprême soprano
la couleur de l'horizon
présence descendu du
ciel
voix descendu du
ciel
que se passe-t-il
là-haut
l'éternité du
passé

La messe en fa (répétitions)

Le mois d' Août
les vacances
l'arrivée à l'église
l'orchestre
Thérèse
le chant ouvre son
cœur
les yeux boive la
baguette du
compositeur qui dirige
qui
boit
ses yeux
ses lèvres

Le grand jour

25 Septembre 1814
le centenaire de la paroisse
la foule du faubourg
le prophète chez lui
festivité solennelle
la pleine église
je suis… là
inaperçu
la ferveur
l'impatience
l'enfant du faubourg
devant l'orchestre
les notes lumineuses
Thérèse donne la main à
Dieu s'il…
existe
quel chant d'amour
lumineux

Le lendemain

Travail chez
le maechtro
aujourd'hui chocolat
il mio piccolo Francesco
mi fara encora molto di honore
opéra messe
bien écris
quoique
quelques passage
de l originalité
ma che la fabrica
toujours des notes
qui wandérisent

Quelques jours plus tard

Devant l’entrée
du logis
deux hommes une charrette
quoique une boursouflure
sur
un des deux
grand coté
la porte s’ouvre
le colis monte
dans
la chambre de Frantz
l’enveloppe tombe
un pianoforte
offre du père
quel
devenir
grand concertiste
les honneurs
l’ argent
dans le cœur
la tête
l’ âme

les mains
les cheveux
uniquement
la COMPOSITION

Le 19 octobre

La nouvelle gloire
le nouvel amour
que de bulles dans tout le corps
grand mouvement des bras
joues rougies rouges
un rouet dans la tête
Marguerite sur le
papier à musique couvert
de notes
Thérèse Thérèse
la porte s’ouvre
les joues cramoisies
le rouet entame
son chant
Marguerite confie
au rouet son
exaltation

désespoir
je suis de retour obligé
même de
l’émotion
naissance d’un nouveau langage
un vrai
novateur

L’aide instituteur

La classe des petits

L’abécédaire du d
les ronds du a, duo du g
les pleins
les déliés
les démiés
l’ annonerie, les
rabâcheries
le matin et
l’après-midi
la marmaille
les cris
le maintien de
l’ ordre
l’agacement

Dans le même temps

une tempête
tropicale
musicale
4 opéra, 2 symphonies, 2 messes, 150 piano enchanté,
2 sonates pour piano
et puis, et puis, et puis ....

L’origine des s... (la pratique de l’amitié)

La pratique musicale interne

Deux par semaine
Une petite pièce
quatre musiciens
la famille
des cordes et parfois un
piano
un ami captivé par Frantz
puis 2 puis 3
chaleur musicale amicale
migration dans un endroit plus
spacieux
encore d’autres amis
l’orchestre complet
nouvelle transhumance

Les amis du konvikt

Joseph von Spaun, Albert Stadler, Anton Holzapfel, Johann
Senn, Benedikt Randhartinger
Retrouvailles un dimanche
une salle un piano
des chant amitiés
, enchantement,
cadeau !
Albert Stadler : un livret d'… Opéra
Fernando

L’élargissement du cercle schubertien

Mayrhofer son aîné de
Dix ans
poète
culture classique étendue
mélomane bon musicien
(guitare)
la chambre de Spaun du papier à
musique
un poème de Mayrhofer Am See
guitare et voix
Spaun ce
merveilleux cadeau !
présente moi

Schober
charmant beau distingué grand
touche à tout
artiste poète généreux
fortune confortable
quelle rencontre
pour
Frantz

Anselm Huttenbruner
également élève de Salièri
observation méfiance
suspiscion
boulevard os craquement
superficiel ? est-il vrai,
sérieux ? profond
fine analyse des lièders de Frantz
l'amitié vient
excellent pianiste
beaucoup de quatre mains

Et aussi l’amour

Mon cher Anton

Bien que nous nous voyons souvent, je t’écris cette lettre pour te dire ce que je ne peux pas te dire de vive voix. Certainement l’émotion que cela me procure m’empêche d’en parler. Ce plus profond de moi, les lieders et d’autres pièces que j’ai composé cette année l’exprime sûrement.

J’ai une inclination profonde pour Thérèse Grob. J’en suis très amoureux. Elle est bonne, douce, pleine de charme et j’aime également beaucoup ses courbes qui sont douces aussi. Et que dire de sa voix si pure, si délicate, si juste, L’entendre chanter mes lieders et les partitions de soprano de ma messe est une façon très forte de s’unir. J’aimerais que cela se prolonge et aille plus loin par la suite. Pour l’instant c’est un puissant moteur d’énergie pour mon travail de création. Mais pas de jalousie, il en est de même pour notre groupe d’ami.

Cela me fait du bien de te dire ce qu’il y a dans mon cœur, que cela est important et compte pour moi et cela me soulage un peu.

Reçois toute mon amitié qui m’est encore plus chère maintenant

Ton ami Frantz

Quelques jours plus tard Anton

Très touché de ta
Confiance
pas aller trop
loin
sa famille (très musiphile ?)
mais pour ton œuvre quelle
Source
mousson continu
dans un climat
continental !

La dévotion

Ses pas conduisent chez
Thérèse
À ses côtés, le frais
fais du fais
sous son
bras
un cahier
des lieders
L'album Thérèse

Le roi des aulnes

Dans la petite
chambre
grand pas
moulinent les bras
articule la voix
poème de Goethe
chantonnement
grand pas vers la chaise
écriture
levée
grand pas
réécriture
va et viens
durée…

La nuit a
chaluné
sa longue chevelure noire
parsemée de fils d'argent
balancés par le vent ?
un cavalier éperonne son
cheval vite

la petite forme qu’il
tient
hume
le roi des aulnes qui
vient chercher
l’âme le cœur
c’est fini

Dans la petite chambre c’est
Dimanche
Spaun et Mayrhofer
J’at tends en bas dehors
encore un grand jour
vers le Konvikt
une salle
d’autres amis
Maître Ruzicka aussi
Frantz au clavier
B. Randarthinger chante
une fois
silence pas une
respiration
deux fois
croche à la place des
triolets
une dissonance !
Maître Ruzicka reprends
le piano
la dissonance
sur la portée

Sortir du gouffre de l’abécédaire

Passer à l’enseignement
musical
candidature
pour un poste à Lubiana
soutien de gross papa
Antonio S
unique candidature
retenue à Vienne
deux autres locales
Espoir… déçu

soulagement ?

Joseph Von Spaun
18 avril 1816

Sur le coin du
bureau
un nuage passe
avec
le souffle du
Printemps
écrire à
J. W. V. G,
parler de
Frantz
élève gracieux de
A. Salieri
une sélection de lieders
la patrie germanique
la langue germanique
le minnesang germanique
son côté lyrique
le nouveau
troubadour
germanique

Le bureau de J.W.V. Goethe

Le courrier
un paquet
des feuilles, des feuilles
des portées
la lettre
Von Spaun
celui que je
connais à Munich
hum hum…
des lieders un inconnu
le patriotisme Allemand ?
Napoléon
quel grand homme
Le passé médiéval du monde
Germanique
fadaise romantique
le monde Grec
est

BEAU

pourquoi ces lieders
sans couplets
sans refrain ?

La cantate Prométhée

Une grande
une belle maison
logis du Professeur
Watteroth
catholique et
surtout
libéral
pas dans
le sens du
vent… Metternichien
vent froid
venu d'en
haut
des ennuis !
Accueillant pour
ses
élèves
un groupe d' étudiant
en fin d' études
discussion
la pensée flotte
une éclaircie

chaleureuse
un élève écrit une
cantate
Prométhée
révolte de l' Homme
résistance à l' adversité
la liberté dans la
souffrance
Frantz la musique
les soixante ans du maître
le vingt-quatre Juillet
Frantz dirige les vents
les voies
vers
le
Professeur quel
unisson

cantate subversive
danger !
Perte
disparition
escamotation !
Ambiance étouffante
la barque est
indirigeable

Tristesse les amis

Les amis proches
morosité ambiante
mélancolie grisailleté
nuages plombés
la bière le goût de
la pierre
le gai Schober n'est plus la
lugubricité de l' ombre
sombritude de l' air
quelquefois le piano
enchanté
le soleil diaphane
allume la fin du
jour
retour de Schober
fuir la maison
paternelle
allons chez Schober
la
liberté !

L’aventure

L’envol de l’albatros

le ciel gris uniforme
gris/bleu
le soleil
sans aile
il vole
l’ envol de la maison
le passager/randonneur
plus d abécédaire
l’hôte de madame Schobert
une chambre des pianos
du bruit

L’envol de l’instrumentiste

pas d’abécédaire au piano
pourtant
d’autres illustres
Wolfgang Ludwig
gagner leur vie
concertos
virtuosité mais
NON
simplement liberté d’
interprétation
douceur flamboyance
explosivité
quel accompagnateur
quel
expressivité

L'envol du musikant

Seulement compositeur !
Vivre de ses éditions
quel défi historique
quel orgueil
l'aventure TOTALE
l'abandon du maître
arrivederci Antonio oublié la
clarté italienne
aventure dans les
brumes
germaniques

L'albatros

Toujours dans le
ciel très haut
sans jamais le voir
envoi du Roi des aulnes
Breitkopf et Hartel à Leipzig
le mieux dans l'édition
musicale
un torche-cul ?
Pas de réponse
déjà 500 œuvres
des publication ?
toujours
inconnu ?
atterrissage chaotique

Vogl

Vu et entendu à l’opéra
grande admiration
ténor de
l’opéra
de la cour
grand mince
grande culture latin
grec
anglais
Shakespeare
une attente
l’art musical allemand
étoile inaccessible
les amis de Frantz
plusieurs tentatives
réticent souvent importuné,,,
il s’en croit tous ces
musiciens
mais
un jour !

La rencontre

Un grand salon chez Schober
les pianos
quelques amis
l'entrée de Vogl
de sa hauteur
du dédain de l'ennui
une corvée
Schober présente
un jeune homme petit
gros un
champignon !
Essai de courbette
en… santé
quelques lieders sous le bras
accompagnez-moi Vogl chantonne
la détente
il emmène les lieders
ce qu'il y a de beau en vous c'est
vous

Un dimanche retour au konvikt

Le printemps
je suis de libération
une petite chanson futurement
célèbre
un accompagnement
aquatique
un petit peu de Coriolan
qu'importe
un prisonnier
une truite
plusieurs reprise
quelle merveille
quelle jeunesse fanatique
une coterie ?
Rentrer dans le tableau
détendu
quel sommeil

Retour à l'école

Au revoir l'accueil Schober
regard au sol
flaques écrasées par les
pieds
baluchon sur le dos
retour au bercail
reprise de l'abécédaire

Le compositeur décompose

Retour à la condition antérieure

À nouveau l' abécédaire
l' épuisement
l' écrasement
très étroit espace
petite chambre le froid
les notes gelées
gouttes à pas gouttes
les notes taries

Dans la grisaille lueurs d'aurore

Dans un almanach
des merveilles
de la nature
et l'art autrichien
le premier lieder publić
une ouverture jouée
en concert public
avec critique dans un journal viennois
dans un journal allemand
première apparition en
concert public
avec trois autres pianistes
une ouvertures
pour deux pianos
parmi le
programme

Dans une taverne le soir

3 compositeurs
3 jeunes amis
des verres de vins
des verres de ponch
sur le bord d'une table
du papier à musique
des notes qui bavent
qui mordent
sur les lignes
Frantz y est enfin
arrivé
malgré les nombreux
verres
un autre lieder
pour un ami
quel amuseur ce
Frantz
comme ses amis
un viennois ?

Une soirée musicale

Frantz au piano
Vogl à la voix
puis Karoline Unger
cantatrice
le maître des lieux
présente
le père de la
cantatrice
un ami le
comte Esterhazy
une demande
un maître de musique pour ses
2 filles Maria 16 ans
Karoline 13 ans
à Zseliz (Hongrie)

Le voyage pour Zseliz

Premier grand voyage
chaleur de Juillet
la malle-poste
devant avec le cocher
long trajet
de l' air
de la poussière
des cahots
ciel bleu
petits nuages blancs
immobiles
en file indienne des
peupliers trouent le ciel
balance le vent
des champs
le blé
la vigne
des rangées de poivrons
du vert
un peu de rouge
enfin
le portail
un très beau jardin
un petit château
élégant

Le séjour à Zseliz

En pleine Hongrie
au village pas un son germanique
mais au château
tout le monde
de bonnes relations
une panoplie de portrait
la détente
la joie
la vacance
une petite soubrette
belle charmante
avenante
le soir dans
la chambre
de nouveau
la fontaine de notes
coule
déborde

une messe
une sonate pour piano
des lieders

quelques œuvres pour piano à quatre
mains
pour les petites contesses
une rencontre : le Baron Karl Von
Schonstein
voix superbe
la musique italienne
le lied allemand
surtout ceux de Frantz
et puis
des lettres
des lettres
des lettres
avec ses amis
son frère Ferdinand (musique)
don de son piano-forte
d' une messe
son frère Ignaz
professeur dans une école religieuse
supporter la jeunesse sauvage
les têtes de bonzes
extraits de lettres :
_ Maintenant enfin je vis !
_ je ne calculerai jamais ni ne finasserai avec mes sentiments
du cœur ; ce qui est en moi, je le donne
tel quel, un point c'est tout

La nouvelle vie ou les joies de la liberté

Le cadre

Une chambre
2 lits
un plafond bas
un méchant piano

La colocation avec Mayrhofer

Mayrhofer une cuillère dans la main droite
_je vais t' embrocher petit champignon
_homme de bureau
homme de bois
homme sauvage

la vision très sombre de
Mayrhofer
la vision heureuse de l'instant
de
Frantz
par lui la découverte de Poète
les frères Schlegel
Novalis

L’emploi du temps

6 heures
chandelle ou pas
chandelle
Frantz penché sur son pupitre
couvre de notes les portées
13 heures le repas le café
quelques pipes
les gazettes
les amis
20 heures ,,, théâtre ,,, taverne

L'amitié de Vogl

Des feuillets dans la pochette
le salon de Vogl
le piano
le chant
mon petit Frantz
quelle profusion
un elfe musical
quelle joie de pouvoir travailler avec
VOUS
la confiance
mon petit champignon
si tu veux bien
je t'emmène chez moi à
Steyr
cet été
de nombreux amis
de nombreux hôtes
de nombreux musiciens
la vie de l'autre coté de la

peinture

Le voyage à Steyr

La place du bourg
la maison
l'accueil
huit jeunes filles dans la maison
Frantz seul au dernier étage
un piano forte dans la chambre
d'autres maisons
accueillantes
pour les repas
des salons de musique
dans cette ambiance
une sonate pour piano
une cantate pour l' anniversaire
de
Vogl
la demande d' hôte
un quintette pour piano
une histoire de pécheur une parti
jazzy !
Un peu d'
air
quelques jours à Linz

retrouvailles de vieux amis
Spaun Kenner

avant le retour à
Vienne
deux petites pensées
Vogl : que les cœurs vivent
dans

l’ amitié
Frantz : jouis toujours du présent avec
discernement, ainsi
le passé sera un beau souvenir et
l’avenir
ne sera pas un
épouvantail

Le retour à Vienne

Sur la place

Grand feu de livre devant
un professeur d' université
les insignes arrachés
les paroles de l'Empereur :
je n'ai pas besoin de génies mais seulement de bon sujet qui
fasse leur
devoir

Au café

Les têtes baissées
les regards sur la table
les corps bien groupés
des filet de voix
de loin en loix
un homme ? une ombre ?
À la droite ?
À la gauche ?
Cadenasse les lèvres

Dans la chambre de Joseph Huttenbrenner

Frantz à son
pupitre
les notes dégoulinent sur le papier
une ouverture à quatre mains
l'heure du déjeuner passe
le milieu d'après-midi
la tête se relève
les deux au piano
l'ambiance est fermée
dans la rue
dans les cafés
seul la
poésie
au-delà de la fenêtre

Du bar à vin chez Lenkay
à la chambre de Johann Seen

5 amis, titubant
dont Frantz
le ton s'élève
langues déliés
un peu de bruit dans
l'escalier
enfin arrivée dans la chambre
éclat de voix rire
dans le couloir
des pas
une oreille
deux oreilles
brusquement la porte ouverte
des uniformes
contestation insultes
injures
embarquement immédiat

au poste

La cantate Lazare ou la fête de la résurrection

Je suis revenu
je veux
entendre ça !
Lazare s'écroule
il est mis au
tombeau
Dieu le fils n'est pas loin
il va au tombeau
pas de
résurrection
ni pour Lazare
ni pour les messes
arrêt définitif

Dans la maison d'Ignaz Sonnleithner, le 1er décembre 1820

Concert public
le chanteur Gymnich
le pianiste Frantz
la maison bien chauffé
le Roi des Aulnes
un courant glacial
la dernière note
silence total
les respirations
reprennent

Dans la maison de Matthaus Von Collin

Cher Spaun
dans toutes les bonnes maisons
bourgeoises
libérales
un grand sujet
Frantz
ses lieders
enfin le soir
un grand sec Vogl
un petit champignon anodin
Frantz
son cerveau :
que de la musique !
dans ses essaims
Frantz
distille son miel
les Schubertiades pour

bientôt

Le 14 juin1820 : 19 h
Karntnertor theater
Les frères jumeaux
Opéra en 1 acte
Livret G, Hoffman
Musique Frantz Schubert

Je suis
là
au fond à coté de
lui
le 8e opéra de
Frantz
le 1er représenté
comment vivre
matériellement
si pas
concertiste
l’horizon puis le
firmament
Vogl joue les deux
frères jumeaux

l’ horizon se
baisse
des huées
des applaudissements
les amis de
Frantz
beaucoup de bruit
Frantz
demandé sur
scène
impossible trop d’
émotion
moi, j’y ai pris du
plaisir
un opéra de
jeunesse
comme d’un
certain W A M
dans les
journaux
des commentaires divers

L'été 1820 les réunions d'Atzenbrugg

à une trentaine de km de
Vienne
géré par Joseph Derffel, oncle
de Schober

Les amis Schober
Spaun
Gahy
les autres
le soir
sous les tilleuls
bruissant
gazouillant
le rossignol éclot et
odorifère

Le samedi 19 août : la harpe enchante

Trop de musique
tiens tiens
pourtant richesse des sonorités
réveille des torpeurs somnolentes
de
certaines
créations de la mode
actuelle

Le temps des premières éditions

Les s… de copains

Enfin… de l'air
frais de l'air de printemps
de l'air d' automne
au mois de Janvier
je suis de sortie
Frantz
au milieu de la jeunesse
filles garçons
autour de lui
pour lui
un piano
un chanteur
qui se croise sur
l'aiguillage
un silence
la parole
des discussions qui prennent
des péniches
une petite salle à côté
deux chaises
une vide dans l'autre
Frantz seul

du ponch arrive
les rires débordent
virevoltent
le gazouillis de l'eau qui ruisselle
c'est une SCHUBERTIADE

trois heures du matin
rentrer dans le vent de la
nuit
cahotant croquebalant
heureusement le froid
la chambre d'un
ami
le sol n'est pas loin
sommeil profond
lunette sur le
nez
réveil
papier à musique crayon
des notes
des notes
des notes

Les soirées musicales

Maison bourgeoise
ambiance libérale
Frantz sera la viens-tu
oui je me dois de le rencontrer
autour de sa musique
des subjugués
écoute attentive
Vogl chante
A. Huttenbrenner au piano
Frantz écoute
dans une pièce voisine
toujours
seul
la première de
Marguerite au
rouet
six ans déjà
Thérèse est loin marié déjà
mais nouvelle passion folie
impossible
son élève
la jeune comtesse

pour la musique de
l'enthousiasme
de
l'incompréhension
puis encore du
ponch
encore une Schubertiade

à quand la première édition ?

Chez Diabelli éditeur de musiques

Quelques coups à la porte
un jeune homme
petit, embompointé
… bonjour
quelques lieders
des pièces pianistiques
encore vous !
Je ne veux plus vous voir, j'édite volontiers et soutiens les jeunes auteurs, mais il n'y a rien à faire avec cette broutille, je ne gagnerais jamais d'argent avec vous
s'il savait
un éditeurs viennois
se construira une maison
avec la vente
d' un seul lieder de Frantz

Les amis de Frantz chez Diabelli

Voilà le roi des aulnes
on
vous le confie sans
honoraires
encor lui hors de question aucune
rémunération possible
compositeur inconnu
accompagnement difficile
la première impression
au frais des amis
vente dans les soirées musicales
la recette permet une deuxième
éditions
puis d'autre
quelques espèces
sonnerie et clochettes pour
Frantz
ses amis payent ses dettes
le reste dans les
tavernes avec
les amis poètes
peintres
musiciens
du bord du chemin

Gagner sa vie ?

Quelle signification
organiste pas question
deux airs à rajouter à une
opérette
accompagnateurs
des répétions à l’
opéra
une séance suffit
les lieders se vendent
bien

C'est l'été à nouveau
Les rencontres d'Atzenbrugg

Un peintre L. Kupelwieser s'est joint au
groupe
le plaisir de deux aquarelles
_jeunes filles et des jeunes gens
joues la charade
une vilaine histoire de pomme
Gahy Dieu le père
les autres la devinette
au premier plan seul
Frantz

_jeunes filles et jeunes gens
le voyage
la campagne
un chariole jeunes filles
dedans
jeunes gens
à coté
à l'arrière-plan
Frantz
puis un piano Gahy

l’enjoué pianiste
les valses de Frantz pleuvent
quelle rosée dans les têtes

Alfonso et Estrella
Livret de Schober
Musique de Frantz

Atzenburg Schober et
Frantz
pérégrinent
plus de quittance
Saint Polten
une chambre
de la bière
du tabac
un piano forte
la sœur de Schober
son amie
le chant
quelques
schubertiades
l’opéra avance
la saison aussi
l’été finit en octobre

Un ami part
Un autre arrive

Une malle-poste quitte Vienne
l’ ami
le grand frère
le phare
la lune et le soleil
Spaun s’en va
l’appel du travail
la tristesse
derrière lui
l’ albatros de la vie musicale

Une malle-poste arrive
Schober et
Frantz
soirées de retrouvailles
un nouveau jeune homme
beau brin
chérubin
Max Von Schwind peintre
d’escargot en escargot
l’amitié va se lier

Le salon littéraire de Karoline Pilcher

la foret de sièges
le nationalisme autrichien
des universitaires
des peintres
un musicien
des écrivains
un dramaturge Eduard
Bauernfeld
enfin je rencontre Frantz
quel monde pour le
fils
d’un instituteur de
faubourg

Ludovic Fon Be

Une tauberge
la table du fond
de dos
un vieux Monsieur
de larges épaules
des cheveux blancs
une compagnie aristocratique
la porte s’ ouvre
Frantz le rouge
aux joues
file le long du
mur
entre dans l’autre salle
disparaît

La lucidité du Wanderer

Mon rêve

Une grande table
des sœurs
des frères
des chaises pleines
des chaises inoccupées
le visage de Frantz
de la tristesse
le père en colère
Frantz doit partir
Vagabondages
errance
dans le cœur
beaucoup d' amour
de douleur
mort de la
mère
Frantz revient
la morte étendue
jaillessement de larmes
promenade au jardin
insupportable jardin

nouvelle
errance
amour
et douleur
réunie
la semelle bat des
pays lointains
des escaliers au bout un
autel
une jeune fille
étendue
complètement
immobile
toute blanche
corps et habits
autour un cercle
des vieillards
des jeunes gens
lente approche
pas de souris
pénétration dans le cercle
musique des
béatitudes

impromptus ?
Le père est la
retrouvaille
dans les bras
l'un de l' autre

Le petit champignon

Des membres courts
un contour carré
un front très bombés
un regard dans
les nuages de ses lunettcs
des lèvres fermées
la Musique passe
le petit champignon s'ouvre
les lèvres s' écartes
les yeux scintillent
la voix faible mais agréable
le chant en filet haut

La discorde entre deux amis de Frantz

Vogl et les musiciens
Schober le librettiste et
les artistes
le cœur de Frantz perdu
errant
écoeurchelé
la réconciliation
la vie repart

Alfonso et Estrella
Opéra en 3 actes
Livret de Schobert
Musique Frantz

La pression de Schobert
l' espoir
la mainmise d'un directeur d'opéra
italien
le renvoi de Vogl de l'opéra
un musicien
italien
triomphe à l'opéra
un musicien
viennois
malgré un refus de paraître
en dehors des
schubertiades
étend ses tentacules anodines mais
saisissantes
dans les salons
viennois

Le monde inconnu du commerce

Les lieders se
vendent bien
ses amis L.Sonnleithner et J.Huttenbrenner
s’en occupent
des agents avant la lettre
un bureau
Cappi et Diabelli
Frantz entre
une entente
avec
Diabelli
vente pour des
tambourinettes
ses agents pestent
un autre
éditeur
de meilleures propositions
Sauer et Leidesdorf
vivoter à
vivre uniquement de
l’édition
de ses
œuvres

Le choc de la maladie

Une soirée avec l’ami Schobert

Frantz
allons voir les dames
des jupes dansent
dans
l’escalier
sous une chemise
un sein
sous une culotte
une touffe
des habits s’évadent
des jambes s’écartent
des jambes enserrent

La maladie vénérienne

Un pilon dans la tête
quel épuisement
à l’hôpital
une visite amicale Schober
une visite médicale le Dr Von
Schaffer
amélioration sortie
rechute
réhospitalisation
fini la bonne santé
la descente
la solitude

Fierrabras opéra en 3 actes

Une maladie honteuse
ne rien dire
au plus profond
de soi pour sortir
de soi
un nouvel opéra
un livret le secrétaire de
l'opéra de la cour
J,Kupelwieser
un livret indigent
la musique
par-dessus l'épaule
je suis la
le premier acte j'écoute
le deuxième acte la tension
l' émotion montent
le troisième acte toujours la tension
l' émotion toujours là
quel bonheur lire
la musique
il ne l'entendra
jamais
un grand opéra ?

La belle meunière

un esprit littéraire
au-dessus de Berlin
un esprit musical
au-dessus de Vienne
se rencontre
au-delà de la Terre
Pendant quelques mois
un recueil de poème
un frère inconnu
Berlinois
Wilhelm
Muller
un lieder aujourd'hui
un lieder quelques
jours après
au café
à l'hôpital
sur un banc
en voyage
au plus
profond
de son cœur

pour une voix aiguë
la sienne
un riant jeune homme
une belle meunière
sourires complices
ruisseau tintinabulant
un chasseur
la belle est changeante
au revoir
le riant jeune homme
coule le ruisseau
vogue les notes
vogue
le riant jeune homme
au fond de
l’eau

Le 2e voyage à Steyr

Des vacances
la vacance
dans la malle-poste partir
le soulagement
les poèmes de
Wilhelm
les soucis s'apaisent
étape à LINZ
retrouvailles
de vieux amis du Konvikt
Spaun

Kenner

Stadler

Streisberg

Ottenwalt

des soirées

découverte de la belle
meunière
des dames en larmes
gâteaux café ponch
larmes vont-t’en
arrivée à Steyr
la maison de Vogl
deux chambres
attenantes
un salon de piano
le regard de Vogl
quelle sensibilité
profonde
du langage musical
soirées amicales chantantes
pianotantes
retour à Linz
ambiance à la taverne du
château

Le retour en Vienne

L' effervescence
deux opéras germains
Euryanthe de Weber
Fierrabras de Frantz
démission de J,Kupelwieser
invasion de chanteurs italiens
la première d' Euryanthe
accueil mitigé
soutien des germanophiles
surtout de la gent littéraire
moindre de la gent musicale
abandon de Fierabrass
la déprime
la maladie
heureusement
quelques Shubertiades
du ponch
du vin de Moselle
mais que d' amis
devenus outregermain

Rosamunde nouvel espoir

La librettiste d' Euryanthe
une poète Helmina Von Chezy
un drame
une musique de scène
les entractes
quelques accompagnements
une romance
trois chœurs
mise en place
détestable
texte insignifiant
deux représentation
j'entends
mais quelle
joie
dans cette musique

Quel avenir

Une petite rivière
deux rangées de peupliers
désenfeuillés
des gris nuages
uniformes
bas
un couple de canards
sauvages
entre les nuages
et les peupliers
les nuages
bercent la cime des arbres
ou aller
des échecs
se remettre à composer
seul moment de répit
un
quatuor
un
octuor
un autre quatuor

la fin de la
belle meunière
des œuvres
universelles
la visite de
Schwind
nocturne
se coucher
ne pas se réveiller
l’aube vous rappelle
les douleurs de la veille
une journée douteuse
l’ écriture
le néant
Marguerite n’a plus d’ espoir
se sentir le plus
malheureux
le plus misérable
des hommes

Le malheur est l’unique stimulant qui nous reste

Le deuxième séjour à Zseliz

La malle-poste
du papier à musique
une symphonie ?
Un opéra ?
Que non point
piano à
quatre mains
danses
quatuor
vocal
pour la
maisonnée
logé dans les appartement
des hôtes
repas à la tables
des hôtes
climat amical
chaleureux
bienveillant
élan immense vers une petite
comtesse
impossibilité totale

visite du baron
Schonstein
amateur de musique
italienne
convertit à la musique
germanique par
la musique de Frantz
la santé
s'améliore
pourtant
loin des amis
viennois
la solitude
hongroise
le
désenchantement
retour à
Vienne
prématuré
dans la voiture du baron
Schonstein
ou est l'amour ?

Eduard Bauernfeld poète et dramaturge

Retrouvailles avec les amis
Schwind
Spaun de passage à
Vienne
le soir de Noël
réveillon chez
Schwind
Bauernfeld est là
quelques jours plus tard
Schwind et
Frantz chez
Bauernfeld
poèmes de
Bauernfeld
Frantz au piano
tu et à toi
en route pour la taverne
boire à l'amitié nouvelle
les chandelles se balancent
le cœur est CHAUD
retour difficile
il fait FROID

De l’autre côté de la rivière

Elle coule
rugueuse
frondeuse
d’un coté Frantz regarde
de l’autre Bauernfeld souffre
Clotilde ?
Du chagrin
de la bière et du ponch
l’eau coule toujours

Les (nouvelles) amitiés féminines

Anna Frolich et ses sœurs
un piano
des élèves
du chant
une composition de
Frantz
Katarina Von Lasny
grande chevelure brune
ondulante
décolleté profond
yeux de braises
encernés
taille fine
voix somptueuse
Sophie Mulder
cheveux blond
visage avenant
sourire accueillant
maison accueillante
du cœur
de l'énergie
l'interprète féminine préférée

Karoline Pichler
cheveux parsemés de fil blanc
dépasse du bonnet quelques rides
une odeur agréable
un talent d'écrivain
certain

Anna Milder
la Léonore de
Fidélio
quelques lettres
des lieders chantés à
Berlin
des dédicaces
une commande honoré
tardivement
la dernière composition de
Frantz

Quatrième voyage d’été

En route

L’esprit au-dessus de la malle-poste
de très longues vacances
mi-mai
mi-octobre
véritable transhumance
la maladie s’envole
les échecs aussi
quitter Vienne
retrouvailles de nombreux amis

Première étape Steyr

Vogl est là
accueillement personnalisé
visite amicales d' abbayes
Frantz grand compositeur
des œuvres inconnues
la découverte

Gmunden

Un lac
une rangée de maisons bariolées
des montagnes
des filaments de neige
de nuages rares gobent
le ciel bleu
une maison bariolée
la porte ouverte
le père et le fils
les bras ouverts
sourire amical et respectueux
les soirées chant et piano
toujours une voix pour accompagner
Frantz quelquefois la sienne

un matin
dans sa chambre
en robe de chambre
comme à la
maison
la pipe déjà à la bouche
sur les genoux de Frantz

l’enfant
frotte sa barbe
essaye ses lunettes
annone un lied
l’ apprentissage
dans la journée
sur le lac
une barque
un clapoti
allongé dans la barque
le ciel lentement

une visite
un château voisin
un châtelain âgé veuf
aveugle
un fille aimante douce
Thérèse prénom aimé
les lieders de Frantz
l’ Ave Maria
que de frisson
quelles bouffées d’air frais
c’est la dame du lac

Passage par Linz

La joie retrouver Spaun
le premier ami
un vrai grand frère
il n'est pas la
tristesse et joie
autour de cette famille
avoir un tel hôte
si gai
si amicalement
communicatif
un soir
grande tirade
l'art la poésie
les rapports de l'
idéal
de la
vie

une escapade
le château de Steyregg
la comtesse
Weissenwolff

enchantée par les lieders de Walter
Scott qe’elle
chante magnifiquement
moi aussi
j’ai fait le voyage
quelle ambiance ne pas rater cela
le grand air
quelle soirée
une prière de la comtesse
la dédicace
exaucée

Retour à Steyr

Un peu de calme
du repos
des nouvelles de Vienne
Schwind

Schober

Kuppelweiser

Bauernfeld
et toujours la mort
derrière le bonheur
l’ ultime repos
sans bonheur
sans souffrance

Salzbourg

Le Salzkammergut
des montées
quelle découverte
les villages
le bois
les maisons
les balcons
les ustensoles de cuisine
pendoles
le long des
balcons
toujours des montagnes
quelques cheveux blancs
aux sommets
la redescente
Salzbourg palais
églises
beaucoup de maisons
désertes
rares passants
dans les rues
sur les places

un petit concert privé
Vogl au chant
Frantz au piano
quel unisson
touours l’ Ave Maria
mêmes les carillons à
Palerme

De Salzbourg à Gmunden

Le matin
dans un charmant carrosse
la route cahote
s'amollissent les coussins
par la lucarne
le plus beau ciel
du
monde
un village
dans les rues
de la sombritude
des passants haves
hagards
échancrés
quelques rotules prohéminentes
enfin la
sortie
une grande montée
une belle descente
un pont
une eau bourillonante
en dessus du pont

une croix
en dessous une chapelle
les vestiges d’un massacre
dieu en dessus
dieu en dessous

Dernière halte à Linz

Un anniversaire
une grande schubertiade
l'ami Gahy est la
un piano
quatre mains virevoltent
Vogl
la dame du lac
longuement
l'enchantement

Vienne le retour

Tout va mal pour moi
Mais
Je suis
Joyeux
Abschied ?

Au café

Le soir et non pas
Le matin
on voit pas n'importe qui
qui boit pas n'importe quoi
du ponch
de la bière et
de la fumée

la sortie
quelques mousquetaires
la musique
la poésie
l' amitié
les vapeurs de l'alcool
di feminé
au loin
d' incertaine lueur
le jour ?
une chambre
se coucher
à même le sol
lunettes

sur le nez
se lever
le
premier habit venu
du papier à musique
la composition
le mousikanté

Les éditeurs

Diabelli tient intéressé ? enfin !
L'argent ?
une messe
une gravure de
Frantz
des valses

Sauer et Leidesdorf
des danses

Matthias
Artaria
la dame du lac

Anton Penauer
Une sonate
très bien payée
vivre manger boire
somptueusement
avec les
amis
le partage

vaches opulentes
puis plus rien
de longs mois sans ressources
vaches faméliques
et dans les tiroirs
une bibliothèque
7 symphonies
12 quatuors
4 messes
12 sonates
et des
lieders
des
lieders
des
lieders
nouvel essai
vers les éditeurs allemands
pas de bonnes réponses

cependant
quelle pulsion jaillissante
créatrice
quel empêtrement
au bord du
chemin
de la
vie

Jean-Paul (Richter)

Un salon
Un piano
Des amis
Jean-Paul demi/assis
à court de souffle
jambes gonflées
et même les bras
le Roi des aulnes
de Frantz

quel bonheur
quelques secondes
respiration normale

Les schubertiades

Soirées d’hiver 1826
Soirées nombreuses
Belles assemblées
musiciens

chanteurs

poetes

peintres

fonctionnaires

universitaires
femmes hommes
tout simplement
amis
de nouveaux
adeptes
de nouvelles
œuvres
puis ripaillages

danses

Frantz au piano

ambiance

réchauffement du

cœur

Ah les beaux jours
printemps été 1826

De la pluie
la pluie
pluie
dans un salon
à l’ abri
un bout de papier
quelques traits tirés
dessus
un bout de piano
enchanté
les trois derniers été
quels beaux voyages
conviviaux
Bauernfeld
sur les mêmes traces
mêmes hôtes
l’envie de voyages
les amarres
attachées au port
tout va mal
mais Frantz est

joyeux
Bauernfeld le retour
une
surprise
un livret d'
Opéra

Le comte de Gleichen

Encore un
Opéra
une histoire de bigamie
bon livret pour la censure

refusée

malgré tout
poursuite de la composition
petit à petit
projet essentiel
la reconnaissance
rêvée
la reconnaissance
revendiquée de l'échec
justification d'une démarche
de création
profonde

vitale

Grillparzer

Poète dramaturge
sait le succès
en rébellion
contre les cerveaux confits
la censure rôtie
revient de
Weimar
étape à l'abbaye
Saint-Florian
l'après-midi dans l'église
une cantatrice
une voix
un organiste
l' orgue enchanté ?
des lieders
le recueillement
l' ame tourne
sous les voûtes
puis s'échappe enfin
l'
Ave Maria
les larmes

de la cantatrices
le silence
retour à Vienne
se joindre au
groupe
soirées au café spontanées
schubertiades organisées

Un chemin

Des arbres alignés
Deux hommes
Grillparzer
un ami
du bureau de la
censure
un livret anodin
bonne morale
de la foi chrétienne
aucun reproche
alors accepté
que nenni

sait-on jamais ?

À l’ancre

Les amis
Les discussions
De nombreux blancs

Schober tourne le dos
à Spaun
la morosité
les chamailleries des
amis
qui lui font
fête
à

Frantz
pour sa musique
mais le grand auditoire
n’ entends pas ses œuvres
la sortie
dans la rue
l’air vif
je suis revenu
une compagnie
à par cela
que faire

Le voyage d'hiver

Des poèmes

Toujours Wilhelm Muller
le cor du postillon se dissout sur l'étang avec

l'aboiement des chiens
l'été le givre grisonnent les

roseaux
les feuilles emmènent l'

espoir
les soleils
couchants
enflamment le
bas
de l'horizon en
plusieurs

directions
le promeneur s'épuise
un sourire

ironique

et
grave
un poteau au coin d’un
carrefour
non sans quelques
alarmes
un tilleul
une auberge
fermée
à l’ intérieur une
fille
deux yeux
incandescents
le son d’une
vielle
endort les
alentours
le chien a
chassé
les
corneilles

QUELLE SOUFFRANCE

QUELLE IRONIE

L V B le départ

Toujours sur son lit
un ami
des lieders de Frantz
regain de lueurs
les obsèques
36 portes-torches
des poètes
des écrivains
des artistes
des musiciens

Frantz

Une soirée en suspension

Frantz loge chez
Schober
en promenade des amis
invitation nocturne
quelques lieders
la soirée
la porte du logis
Frantz disparue
la porte les amis
la soirée languissante
pas de
Frantz
promenade dans l'air
du
temps

l'émotion
tous au café
peu après
Frantz merveilleusement simple

Une soirée en parenthèse

A
Nussdorf
Vogl des lieders de Frantz
pas de Frantz
les convives
impatients
Vogl hautain
avec les convives
tout pardonner à Frantz
attendre patiemment Frantz
à le voilà
il est déjà reparti
la sombritude l'a repris
dans la tête
l' hiver
le gris
le noir
les planches
puis
une nouvelle aube
le travail

le regard
bouillonne
les cheveux
flambent
les oreilles
vrombissent
au vent de la chambre

de la MUSIQUE

Une soirée en filigrane

Une tête
blonde
Frantz derrière le piano
suit du regard
des épaules un peu
découvertes
les épaules
sourient
les épaules
dansent
les épaules
s’envolent
Frantz muet
on entend
le piano

Une vraie schubertiade

Chez Spaun
des amies
des amis
beaucoup de musique
des lieders
mais
toujours pas de voyage d'hiver
à manger
à boire
une folle gaieté
fin de soirée
au café
l' embrumée
la sortie
l' air libre
je l' accompagne
l' air frais
avant la question
pas de voyage d'hiver
pourtant la belle meunière
la dame du lac
tout de suite aux

copains aux
amis
la braise sous la
cendre
la couleur a disparue de mon
paysage
que le noir
le gris
pour exprimer le plus
profond
de mon
cœur
qui transpercé par un pieu
ne veut pas
saigner
ironie de la nuit
du
désespoir

Une renommée internationale ?

Un poète allemand
un chanteur allemand
enfin rencontrer Frantz
invitation à l'auberge
la place reste vide
quinze jours plus tard
la quête prend fin
Frantz est là
il l' entoure
des louanges
son verre reste plein
Frantz bredouille
il s'en va
quel rustre

Un après-midi d'été 1827

Grinzing trois amis Bauernfeld
Lachner
Frantz
le vin nouveau
un peu acide
du goût de Frantz
une auberge
du vin
du café
du ponch brûlant
la parole prend possession de
l' espace
le taiseux volubile
deux musiciens de l' orchestre de
l' opéra
la parole muette
la table de Frantz
la demande
une nouvelle
composition
Frantz debout
les cheveux en furie

les joues en bataille
le regard colère
Artistes incapables souffleurs
racleurs
besogneux

Moi
FRANTZ

le compositeur
le mot ART
il s'agit de MOI
non de VOUS
rampant
vers de terre
retournez au sol
vous
n'auriez
jamais du en sortir
retour
errant difficile au gîte
le lendemain matin
le réveil de Frantz
Bauernfeld
une réprimande
un rire et
une œuvre
pour les deux mendiants

Une nouvelle tournée triomphale

L'ami Jenger
louanges au
couple Pachler de Graz
une lettre
une invitation
la malle-poste
enfin des vacances
quitter Vienne
aimé
chéri
étouffante

À ceux qui y prendront du plaisir

Le retour à Vienne

Le gris saupoudre les maisons
le blanc les toits

les amis Viennois
wandérisés
une petite chambre
la maladie
les maux de tête
quel contraste
à l'heureux voyage
l'esprit de Frantz
toujours à Graz
quelle reconnaissance là-bas
quelle ignominie ici
la messe allemande
100 florins
le même prix que la première
œuvre
vendu à dix-neuf
ans
la réussite ?
et pourtant

la composition
la COMPOSITION
les morceaux
les champignons de l’
automne
de l’
hiver
que du
somptueux
mais les amis
reviennent
les soirées amicales
musicales

reprennent

Chez l’éditeur

Frantz est attendu
les premières
épreuves
du voyage d’ hiver
la correction
bientôt l’édition

Une soirée d'absence

Frantz
attendu
ne vient
pas
toujours un ami pour
chanter
ses
lieders
dans sa chambre
je fais la
compagnie

Chez les Kiesewetter

Je marche a ses cotés
des chemises sous ses bras
un viatique
du nouveau
il frappe
entre
n' est pas
attendu
c'est impromptu
Irène au piano
le silence
les pensées
entre la nuit
les nuages
la lune

Le 28 janvier 1828 chez Spaun

Une fête
les fiançailles de
Spaun
bientôt celle de
Schwind
Dernière schubertiade
de la nostalgie
de l'
extraordinaire
Encore du nouveau
je ne peut qu'être
là
un cadeau pour la fiancée
un violoniste
un
violoncelliste
un pianiste
virtuose
quel trio
le pianiste dans les bras
de Frantz

à ceux qui y prendront
du plaisir

ils seront nombreux
mais dans quelques
siècles

Une amie un amour

La jeune comtesse
une femme de
velours
jamais très loin
de la
compréhension
de l'
attention
toujours du
nouveau
quelques fois pour

ELLE

un quatre mains
assis côte à côte
seule communion
possible

la musique

L’unique concert

Le projet

Depuis quatre ans
vent d’ Est
vent d’ Ouest
les nuages
dans un sens
dans l’ autre sens
Bauernfeld les amis insistent
après la mort de
LBW
le grand aigle n’est
plus
là
le ciel est
libre
l’obtention de la salle

26 mars 1828

Une grande salle
gens assis
gens debout
l'avant-garde
la valetaille
l'arrière-garde
épars quelques égarés
curieux critiques
le brouhaha

le silence

d' excellents interprètes
l' accompagnateur
Frantz au piano
déferlantes d'applaudissements
la claque
la critique étrangère
agacée
la critique viennoise
absente
Paganini est là
Ah les paillettes

à l'année prochaine

À la porte des épiciers

Vivre et la reconnaissance
un éditeur à Leipzig
un éditeur à Mayence
échanges de lettres
nombreuses propositions
nombreuses tergiversations
demande de propositions
valables
Frantz
Qu’est-ce qui ne l’est pas
minuscules
honoraires
quelques guldens
quelques pintes
à offrir
aux frères de
boisson
grande maison pour

l’épicier

Les compositions éclatent

L’ ouragan de l’imagination souffle
dans les airs sonne
dans le vide
pas de public
des amis
reconnaissants
de plus en plus nombreux
la production continu
grande marée
la plénitude

Les fièvres du génie et de la fatigue

La vie est belle

Les lendemains   fleurissent
le rossignol   à cœur   éperdu
la bourse   pleine   par le   concert
les dettes   nombreuses
les amis   invités
au   concert
au   café   du vin   du ponch
l'esprit   vole   le pas   lourd
une féte   anacréontique
les sorties à la   campagne
se payer   un voyage   l'été
les   projets
la vie   dans la   va

Chez une princesse

Grande soirée musicale
les lampions illuminent
le plafond
le sol
les tenues
au chant le baron Schonstein
au piano Frantz
la dernière note
le baron follement entouré
Frantz seul
la princesse l’entoure
_ils vous rendent hommage aussi
_je me sens moins gêné comme cela

L'attente du départ

Mai mitigé écriture matinale journalière
le somnambule vole et survole
voie les sentiments
les émotions
un quintette pour 2 violoncelles

Juin riant une longue messe
pour un camarade d'enfance
toujours là
la bourse s'amenuise
Juillet chaleur un chœur pour
une nouvelle cloche
la bourse s'aplatit
Août orageux dans une synagogue un
psaume en
hébreu
la bourse est plate
Septembre fuyant les amis prennent la
malle-poste
3 sonates
et pendant tout l'été 2 poètes
le chant du cœur
toujours l'espoir de la partance
quelque subside inespéré

À Leipzig

Une petite chambre
un jeune étudiant
Robert Schumann
admirateur passionné
une lettre jamais
envoyée

La fin de l'été

L'épuisement
la maladie
la souffrance
nouvel hébergement
chez son frère
quartier aéré
mais les salmonelles
infiltrent l'eau

Une place sur la terre

Redécouverte de Haendel

Une schubertiade
une table
des partitions
l'édition des œuvres de
HAENDEL
Frantz dchors
sous le bras
les œuvres
quelle joie
quel délice
de parcourir cette
musique
mais aussi
découverte d'un
manque
pas assez
travailler avec Antonio
perfectionné l'art de la
fugue
et du
contrepoint
une recherche

poétique
le maître à Vienne
Simon Sechter
en route de
nouveau
cours de
musique

Le repas funeste

En soirée
une auberge
le trente et un Octobre
dîner de frères
la maison
de l' adolescence
à coté
un poisson
un poison
ennui passager
mais toujours plus de

fatigue

L’alitement

Lentement avec peine
se coucher
moins de manger
moins de boire
les
repères
se
dispersent
ou est-il
dans une
chambre
dans un réduit
sous la terre
Ferdinand le frère
d’à coté est-là
Ferdinand
rassure
ai-je
mérité
une place
sur ce globe

La descente

Le dix
Novembre
la fièvre
la dysenterie
une typhoïde
plus de leçon chez
Sechter
le lit
la somnolence
la lassitude
extrême
les amis
accourent
Lachner Bauernfeld
Spaun
les médecins
une potion
les prêtres
une présence
permanente

l'Hiver en
Décembre

L’enterrement

Quelques étudiants
porteurs
les amis de VIENNE
et moi
je suis LA
pas de larmes
je n’en ai pas
le cœur est la
ce que peut receler
de désespoir secret
un soleil
qui descend
dans un ciel
écarlate
et qui se couche
au ras d’un sol

inévitable

Glossaire

L'enfance

1. La mortalité postnatale est très élevée, Semmelweis va montrer que le lavage des mains diminue drastiquement le taux de mortalité (voir la thèse d'un écrivain célèbre).

2. Le père de Frantz est instituteur, il habite sur place.

Le konvikt

1. L'orchestre du konvikt :

Le directeur du konvikt est un mélomane passionné ; il a formé un orchestre uniquement avec les élèves, une trentaine d'exécutants environ. En été, les fenêtres sont ouvertes, le succès est là, la rue est très encombrée.

L'École normale Sainte-Anne

1. Il s'agit du château de plaisance du diable, jamais représenté, retravaillé probablement à la demande de Salièri pendant l'été 1815.

Le compositeur décompose

1. Le comte Esthérazy, d'une famille illustre, amateur de musique, belle voix de basse, passe l'hiver dans sa maison de Vienne et l'été dans son petit château en Hongrie.

Joies de la liberté

1. Dans Vienne et dans toute l'Autriche, il règne une ambiance de répression et de délation dans les milieux libéraux, intellectuels et artistiques. La police de Metternich est partout, les murs ont des oreilles. Cela favorise la formation de petits groupes d'ami.

2. La résurrection est toujours omise par Schubert, même dans ses messes qui pourtant n'ont jamais été censurées.

La lucidité du Wanderer

1. Mon rêve : long texte écrit par Schubert en juillet 1822 dans des circonstances inconnues, intitulé *Mon rêve* par Ferdinand son frère, peut-être à la suite de Schubert.

2. Le petit champignon : surnom de Schubert de par sa morphologie.

Tout va mal pour moi, mais je suis joyeux

1. Abschied : rellstab-lieder du chant du cygne au rythme gai et enlevé, mais aux paroles sombres.

Le voyage d'hiver

1. Lachner : musicien, fait partie du cercle schubertien.

Imprimé en France
Achevé d'imprimer en août 2022
Dépôt légal : août 2022

Pour

Le Lys Bleu Éditions
40, rue du Louvre
75001 Paris